写在2020年春天的诗篇

今日阳光正好

钱万成　著

吉林人民出版社

图书在版编目（CIP）数据

今日阳光正好 / 钱万成著. -- 长春 : 吉林人民出
版社, 2020.5

ISBN 978-7-206-12629-1

Ⅰ.①今… Ⅱ.①钱… Ⅲ.①诗集－中国－当代
Ⅳ.①I227

中国版本图书馆CIP数据核字（2020）第073616号

责任编辑：王一莉
装帧设计：孙浩瀚

今日阳光正好

JIN RI YANGGUANG ZHENG HAO

著　　者：钱万成
朗诵者：理 子 郑 宗 皓 明
出版发行：吉林人民出版社（长春市人民大街7548号　邮政编码：130022）
咨询电话：0431-85378007
印　　刷：长春第二新华印刷有限责任公司
开　　本：880mm×1230mm　1/16
印　　张：6　　字　数：100千字　　图　片：10幅
标准书号：ISBN 978-7-206-12629-1
版　　次：2020年5月第1版　　印　次：2023年5月第2次印刷
定　　价：39.00元

如发现印装质量问题，影响阅读，请与出版社联系调换。

作者简介

　　钱万成，诗人，儿童文学作家。中国作家协会会员，中国诗歌学会校园教育委员会副主任、吉林省作协儿委会主任。

　　主要著作有《青春歌谣》《留住童年》《月牙船》《天堂里的母亲》等多部。作品《朋友》《留住童年》等多篇被收入中小学教材并译介海外。

　　2011年被《儿童文学》杂志评为年度十大"魅力诗人"。2018年被《少年诗刊》评为"星光诗人"。

告读者书

2020年春节,新冠病毒袭击武汉。一场突来的疫情,让祖国和人民同时经受一次考验。面对灾难,国家发出号令,人民积极响应。全国各地组织医疗队,驰援武汉,驰援湖北。白衣战士,舍生忘死,同仇敌忾,和时间赛跑,和死神较量,保卫人民,保卫生命。

全民抗疫,诗人和诗歌绝不缺席。

从2月1日起,因居家隔离,不能去一线参与防疫的诗人,以笔为剑,投入抗疫。关注疫情,关注一线,关注社会,关注百姓。一个月来,共创作抗疫诗歌30余首,先后在诗刊社中国诗歌网、人民文学网、光明网、腾讯、头条、《草堂诗刊》《延河诗歌》《中国诗歌》《中国工人》《长白诗世界》《中国卡通》《少年诗刊》《十月少年文学》《东方少年》等多家杂志的网络平台和《光明日报》《检察日报》等纸媒推送。还被录制成音频作品,在喜马拉雅,吉林省朗诵艺术学会平台等吉林省内多家电视、电台和知名网络媒体播出。以诗歌传递爱心,鼓舞民心、鼓舞斗志,共克时艰。

为了让更多人读到这些在特殊时期、特定环境下创作的作品,本社从中精选出22首,辑为此书,以飨读者。让我们共同为祖国和人民祈福。

吉林人民出版社

2020.3.3

CONTENTS **目 录**

劝降表

——或与冠状病毒书

站在人类的立场，今天

应该派一员猛将骑一匹快马

发你一篇檄文，站在人道的高处

历数你犯下的罪行

然后大军压境，对你们

进行讨伐

可现在我不想这样，我们

可否站在一个公众的立场

讨论一下眼前的时局

你来自何方？为什么要对人类

进行如此残酷的报复

你行踪诡秘心狠手辣

是谁让你们这样疯狂

你们潜进武汉，又潜入

沿江各地，乃至全国

全世界。闹得乡村鸡犬不宁

城市人心惶惶。你们

夺去许多感染者的生命

给活着的人留下无尽痛苦

居心何在

你以为人类无能吗？你

以为人类软弱吗？

你错了。你看到那个叫

钟南山的老人了吗？你看到

那些白衣天使了吗？他们

都是你们的克星

人类如果有错，人类会
自己进行反省。你们如此报复
就是自取灭亡
中国人见过无数次瘟疫
那些入侵者，最后的结局
都是失败

我知道，病毒也是一种生命
最好的办法就是和平相处
你在你的世界
我在我的世界
就像那些星球，都沿着自己轨道
共同维护宇宙的安宁

悬崖勒马，回头是岸
人类的道理，你们应该懂的

2020.2.1

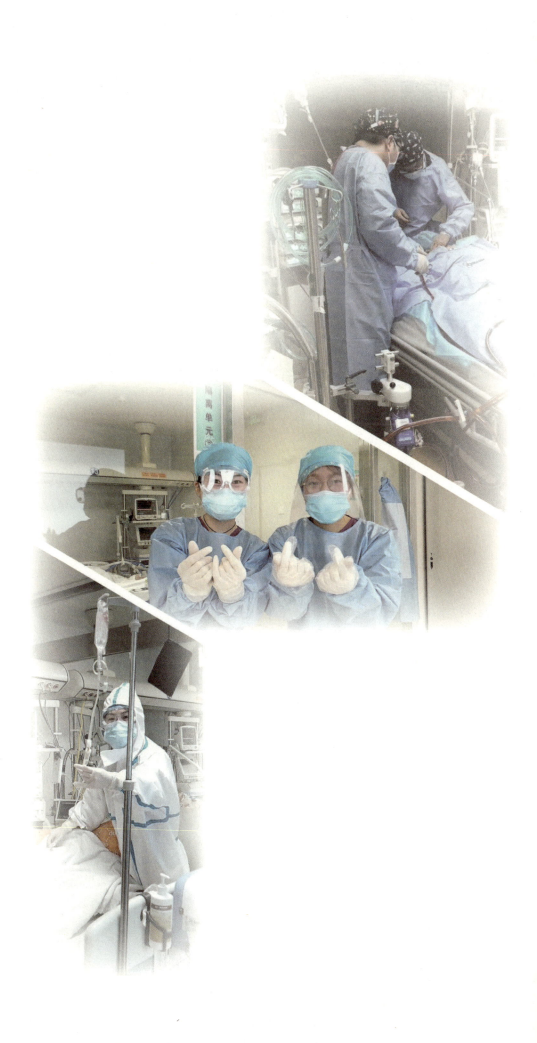

一位爷爷写给孩子的话

孩子

国家有难，匹夫有责

这是一句很老很老的话

面对突来的疫情

你一定要懂

武汉封城了，这不光是

武汉的事。那些冠状病毒

正沿江而下，去袭击

别的城市

它们来自另一个世界

是一群隐形的入侵者

它们头戴皇冠，耀武扬威

你却很难发现它

抓住它

它们欺软怕硬

专门寻找老人和孩子

去攻击他们的肺

让你无法呼吸甚至死亡

大敌当前，我们必须

提高警惕。给每一个人

每一个家，每一个村庄

每一座城市

都戴上口罩

还要备足酒精、消毒液

这是对付它们的最好武器

你一定要听从指挥

把自己关在家里

这也是最安全的碉堡

你要相信我们的国家

相信那些专家和白衣天使

这是一支特种部队

他们百战百胜

无坚不摧

你还要相信那些你熟悉的大人

他们都是勇士，他们

正在想尽一切办法

保护你，你的亲人、朋友

和这个世界上，所有

爱好和平和正义的人

孩子，记住

国家有难，匹夫有责

但你现在还没有长大

你不要着急出征杀敌

你的任务就是坚守

守住你的善良你的正直

带着一颗感恩的心

健康成长

你们是国家和民族的未来

你们也是地球和人类的卫士

你们要好好学习，用你们的智慧

破译那些入侵者的密码

让它们都变成宇宙世界

和平的使臣

2020.2.2

写给蝙蝠先生的信

自从离开童年的乡下
再没有见过你，我们的老屋
不知道在不在了？你是不是
还在那个屋檐下居住

这次武汉发生疫情
闹得全国人民连年都没过好
还有那么多人失去了生命
有人说责任在你，可我
怎么也不敢相信

你是我的朋友。我们
一起生活那么多年
你胆小怕事，总是天黑下来
才张开翅膀，帮我捕捉蚊虫

你怎么能和那些病毒有关呢
它们还是新型冠状病毒
那么狡猾，凶狠毒辣
一点都不像你

如果你真的认识它们
就让它们乖乖地回去
不要在人间兴风作浪
与人类为敌，不会有
好的下场

如果他们不听劝阻
你就把它们收了吧

用你身上的魔法袋

一个也不要留下

我知道你有这样的魔力

你是我见过的真实的神仙

每到过年你都给百姓送福

把它们收了，就是今年

最好的礼物

你不用给我回信

马上按我说的去做

2020.2.3

庚子年立春日，为祖国和人民祈福

今日立春，此刻

我站在北方的雪地上

仰望苍天，以春天的名义

为我的祖国

和人民祈福

我希望，钟南山和他的团队

快点破译那些病毒的密码

我希望，那些躺在床上的

患者，早点用上抗击

新冠病毒的药物

我希望，那些白衣天使们
能躺下来安心地睡个好觉
睁开眼睛，不再面对
痛苦，挣扎，无助，死亡
阳光明媚，春暖花开

我希望，孩子们不再
圈在屋子里，像一只只
受困的小鸟。让他们
重返校园，在天空中
放飞琅琅书声

我希望，所有的城市
所有乡村，所有院落
所有路口，不再封堵
人们丢掉口罩，走上街头

热情拥抱、握手、微笑
亲切的打个招呼

我希望，工厂早日复工
那些机器，也着急上岗
这个假期太长了，它们
也觉得憋闷，期盼着
早点见到朝夕相伴的主人

我希望，这场疫情快点结束
东风渐暖，万物复苏
土地，期盼着种子
树木，期盼着花朵
那些农民兄弟，更期盼着
小康之年有一个好的收成

苍天有眼，人心挚诚
在这个特殊的日子

我们共同祝愿——

人民安康吉祥

祖国繁荣昌盛

2020.2.4

慈悲的太阳

自从那个

叫钟南山的爷爷提醒孩子

待在家里防预病毒以后

太阳公公，好像起的

越来越早

他担心那些孩子

在梦中遇到妖怪或者病魔

早早地把他们叫醒

要么，就把妖怪和病魔

一起赶走

他还叫起那些鸽子

让它们去天空巡逻

发现情况，马上回来

向主人报告

他还叫醒狗狗

让它在门口站岗

遇到陌生人或者病毒

绝不允许进来

有时，他还担心

孩子们寂寞

和他们做会儿游戏

躲到云朵后面，转眼之间

又露出笑脸

似乎他下山的速度

也比往常要慢
陪伴着孩子，直到
他们出去工作的大人
回家

就是夜里，我也觉得
他没睡好，翻来覆去
惦记着这些一直
圈在家里的小可怜

不信，晚上
你也出去看看夜空
就连那些星星，都被他
折腾得翻身打滚
一闪一闪的

2020.2.4

谢谢你把爸爸借给我

——白桦岭。山中写给子璐小朋友

今天是正月十二

是隔离观察的第六天

谢谢你把爸爸借给我

让我在山里不害怕

也没感到孤独

有人照顾生活

让我安心地想了很多事

比如如何对付那群叫作
冠状病毒的小坏蛋

我给它们写信，就是
网上热传的《劝降表》
还有一封，你已经看到了
《写给蝙蝠先生的信》

许多小朋友都说好
用小指头点击屏幕
在上面签名。你爸爸说
你也给我点赞了
让我好感动

把爸爸借给我
我不孤独，你一定很孤独
这全是被那帮坏蛋搞的
让全国的小朋友
都憋在家里

爷爷要感谢你

你不用为我担心

有只猫头鹰，天天

来门前站岗，防备

老鼠路过带来病毒

还有，那只老鹰

时常在天空巡视

怕那些被我劝降的

病毒和蝙蝠

对我报复

你安心在家学习吧

抗疫结束了，爷爷

为你和爸爸请功

虽然，你们没去一线

也是抗疫功臣

2020.2.5

我要向他说一声对不起

——悼在抗击疫情中献身的年轻医生

34岁。一个

比我儿子还小的年龄

就这样，被病毒和无知

匆匆画上句号

世界心寒

他是抱薪者，他是吹哨者

他是造谣者，什么都不再重要

我想问，谁来为
这条生命的消失负责

我知道，没有答案
那就让我以父亲的名义
对他说，孩子
对不起！对不起

他是一个有良知的人
用生命诠释了正直
他是一个勇敢而智慧的人
广场上，手捧《训诫书》
让训诫者无地自容

孩子，代价太大了
那么年轻，还没看到
妻子腹中的孩子
床上患者需要你
他们，更需要你

疫情还没有结束

真相已经大白

功过无须评论

谎言已被谎言戳穿

孩子，安心地去吧

天堂的路没有荆棘

在那好好修炼，如有来生

希望还选择当个医生

专治人世间的愚

2020.2.7

上元夜，墓前告父母书
——间致在抗击疫情中献出生命的兄弟们

今夜，又是上元节

给你们送来一盏灯火

不是用作回家照路

回家的路，已经封堵了

人间，正遭遇瘟疫

城市，乡村，路口，院落

处处有人把守，出入

要出示通行证

你们讲过，小的时候

逃过鼠疫，这场叫作

"新型冠状病毒"的瘟疫

要比鼠疫来得凶猛

这个春节谁都没能过好

大人孩子，窝在家里

南方北方，域内域外

人心惶惶，像热锅上的蚂蚁

不过，你们不用担心

家里一切都好。疫情发源的地方

离咱这儿还远，为了安全

全国的老百姓

都戴上了口罩

这盏灯，就留在墓前吧

代我守夜，守护你们，以及
和你们一起进入天堂的亲人
脱离苦海，永保平安

我在路口，还放了一盏
点给那些，用自己的命
换回别人命的生命卫士
他们，燃烧生命，点亮自己
让活着的人，不再迷途

阴阳两隔，照顾不了你们
一会，在这儿放几挂鞭炮
振振声威，求个吉利
免得那些病毒
侵扰你们的世界

山上的月亮好大好圆啊
周遭，还围了一团白雾
月晕而风，础润而雨

但愿，天佑中华，云开雾散

应该是个好的兆头

2020.2.9

不要让灵魂住进墓碑

——安魂辞或与逝者书

遭遇灾难，是一件

难免的事。人类，就是

在一次次与灾难搏击中强大

可是，因为灾难，令生命

戛然而止，确实

让人痛心疾首

我知道，国家和地方

竭尽全力了。那些专家
和医生竭尽全力了。亲人
和朋友竭尽全力了。全国各地
那么多好心人，都竭尽全力了

他们，想尽一切办法
和死神较力，挽救生命
可当蜡炬燃尽，神仙
也无法把它重新点亮
那些白衣战士，已经
有人为保住别人的生命
献出了自己宝贵的生命

我在北方一个山沟里隔离
无法知道你们的名字、性别、年龄
网上，能看到的，只是一个个
停止脉动的数字。但，我知道
你们是父亲，是母亲，是儿子
是女儿。有的还是医生

警察、村主任、社区工作者
都是为国家和社会
做出贡献的人

你们在灾难中走了，祖国
和亲人一样难过。你们
安息吧！安息吧！要怪，就怪
我们曾经没能与自然和谐相处
让另一个世界的生灵
脱离轨道，作乱人间

安心地走吧！那些病毒
一定会被降伏。祖国和亲人
很快会用胜利祭奠生命
告慰亡灵。我劝你们
不要让灵魂住进墓碑
要选，就选择一片树叶
每到春天，重返人间
依然，保留生命的颜色

2020.2.11

邻居

邻居原本居住在乡下

到城里来陪孙女读书

他们租住在我的楼上

每天都站在窗口

看我伺弄园子

他说他在乡下有地

比我这块大得多了，一共八亩

他干过很大的产业

种植山西的山药

可惜，地被占了
那里马上要变成新的城市
他说，他不稀罕那点补偿
他只喜欢土地

他问另一个邻居，你说
孩子上学我一个人整天待着
寂不寂寞？不光寂寞
我还空虚啊。我是男人
不能没有事干

他喜欢一个人
蹲在我的车库门前抽烟
目送孩子们上学，迎接
那些上班的人下班

他一直盼着放假
放假，好回到乡下去

孩子放假了，他还是不能走
高三，必须留下补课

幸亏今年雪大
他开始为小区义务扫雪
并自备了扫帚和雪铲
至此，每场雪后
我们的院子都干干净净

疫情发生之后，他又找到了
新的营生，义务帮门卫
执勤。戴上红袖标
觉得自己又变成
一个有用的人

2020.2.14

给自己写信

——兼致老友洪波

这个春节，病毒把人类

逼进笼子。路口被封

嘴巴被封，只好蹲在家里

无聊地写信

给朋友，给自己，给亲人

给敌人，给活着的人

也给逝者。一样的方式

不一样的心情

利用自己的孤独

帮别人排遣寂寞

自己绑架自己，然后

再逼着自己交点赎金

想想，也是一种无奈

面对现实，无能为力

面对自然，无能为力

身在其中无法置身事外

但，总比把话憋在肚子好

发霉后也会变成一种病毒

肆虐起来，对自己

对别人，都是灾难

想起树上那些乌鸦

所以挨骂，甚至遭遇不幸

都是因为，那张

说不出好话的嘴

2020.2.13

写给二〇二〇年的迎春辞

——再一次为祖国和人民祈福

春天到了。我和我的城市一起

站在北方的雪地上，面向苍天

为祖国和人民祈福

我的愿望十分简单

只盼这场疫情快点烟消云散

我们心痛，病床上那些重患

无辜地经受病毒和死神的折磨

我们心酸，面对抢救无效的逝者
医护人员那无奈、哀伤的眼神

我们心疼，白衣天使没日没夜
和时间赛跑，和病魔较量
渴了，为省一套防护服不能喝水
困了，穿着防护服短暂地席地而眠

我们心系，那些建筑工人、环卫工人
基层干部、一线民警……冒死尽职
有人被病毒击倒，有人被工作累倒
在保卫人民、保卫生命中前赴后继

武汉，是一座英雄的城市
相信，不会被病毒困住
不会被困难压垮
面对挑战，我们期待
强者更强，勇者更勇
绝地反击，重振雄风

———

这是一场没有硝烟的战争
病毒，是人类共同的敌人
大敌当前，我们必须
万众一心，同舟共济
保卫武汉，保卫湖北
保卫长江，保卫全中国

面对疫情，我们感恩那些
来自祖国各地的医疗队员
他们舍家别亲，春节逆行，奔赴一线
无私无畏，治病救人，奉献爱心
还要感恩那些善良的百姓，慷慨捐赠
让疫区人民感受到温暖

面对疫情，必须坚信，祖国无比强大
一九九八年大水
二〇〇三年非典
二〇〇八年地震

哪一次没创造出人类抗灾史上的辉煌战绩

我们和祖国一起经历过煎熬和考验

更感受过胜利的光荣、安慰和尊严

我们看到，疫情蔓延已得到有效控制

越来越多的感染者治愈出院

浴火重生，和亲人团聚

全民抗疫之战，已经露出胜利曙光

我们坚信，病毒再狡猾

也无法逃脱人类智慧的追捕

我们坚信，困难再巨大

也大不过祖国和人民的力量

火神山、雷神山以及方舱医院已经建成

十九路医护精英增援大军已开进湖北

众志成城，声威浩荡。那些病毒必将

在全国人民的铜墙铁壁面前，悄悄遁形

春风徐徐吹起，春天已经来临

南方的木棉花，艳红如火

北方的迎春花，含苞待放

中原大地，万物复苏

耕牛已经迈开春天的脚步

关东平原，昨天又迎来一场春雪

坚冰，开始渐渐融化

工厂，已经渐次开工生产

机器又敲击出春天的节奏

学校，已做好开课的准备

校园，又将飞出琅琅书声

在这个特殊的春天

我们的祖国又经历一次大考

我们每一个人都是考生

我们在用生命答题，谁都不能

心存半点侥幸。为了祖国

为了未来，必须交上一份

让人民满意的答卷

在这个特殊的春天

在东北，在长春，为祖国和人民祈福

大地银装素裹，天空阳光灿烂

远处，几朵白云慢慢飘动

还有一群鸽子、一群太平鸟

它们，都是苍天保佑大地的使者

让我们再一次以春天的名义共同祝愿——

祖国繁荣昌盛，人民幸福安康！

2020.2.13

这个春天的十四亿双眼睛

在这个被病毒突然扰乱的春天

因为十四亿只口罩的遮蔽

十四亿双眼睛，格外明亮

格外被人关注

找不到合适的词语比喻它们

索性比作各种机械

显微镜，望远镜，探照灯

比作什么，都数量巨大

架在城市、乡村的路口

机场，车站医院、病毒实验室
紧盯着那些叫"新冠"的魔鬼

十四亿双眼睛睁着
就会有十四亿缕目光投射
感觉，就像十四亿缕阳光
或者十四亿缕电流
抵抗着、驱逐料峭春寒
传递人世间的爱和温暖

有时还想，把它们比作
夜空中的星星，可能更贴切一些
二十八亿颗，一条闪烁的星河
互相辉映，互相慰籍
让灾难中黑暗的夜晚
增添些许亮色

2020.2.15

倒春寒

春天的气温总是无常

这次寒流，知道会来，但没想到

来得这么快。极像这场疫情

说爆发就铺天盖地

让人猝不及防

大年三十，还热热闹闹过节

初一，就听到武汉封城消息

初二，各地进入紧急状态

急招外出人员，返城上岗

各路医疗大军，火速集结

告别亲人，逆行驰援武汉

用大爱，点燃生命的火把

抵御这个春天突来的"倒春寒"

这让我，联想起天气预报

想到台风、暴雨、雾霾、暴风雨

想到各种极端天气的预警

这场疫情，为什么没人提前预警

寒流来了，只需加几件衣服

大不了，有几个人伤风感冒

疫情来了，多少人以生命

作为代价。又殃及多少无辜

小家，大家，还有国家

这是又一次惨痛的教训

是人类自作自受的恶果

幸亏，我们的祖国和人民强大

不然，灾难到来无人能够幸免

2020.2.15

今日阳光正好

几天阴冷之后，今日阳光正好

决定去院子里晒晒被子

尽管仍是零下十度的气温

阳光照在脸上，还是暖暖的

也想好好晒晒自己

先是头朝西，再是头朝东

躺在床上，跟着阳光

不停的折腾

阳光不能杀死冠状病毒

但阳光可以剿灭因为疫情

积存在心里和被子里的

孤独、苦闷和阴暗

隔离。对疫区和亲人的牵挂

对疫情蔓延的担忧

对遭遇不幸者的哀伤

压得实在有点透不过气来

昨天，网上传来视频

又有医疗队出发，奔赴武汉

他们是第几批，已不记得

但愿，平安无恙，早日归来

2020.2.16

期盼黑色的二月快点结束

二月是一个倒霉的月份

我曾听到帕斯捷尔纳克

蘸着墨水痛哭。那是一百年前

他的国家，俄罗斯，正遭受战火

今天，我们也遭遇黑色二月

遇到一场没有硝烟的战争

虽然不需要保卫国土

但需要保护生命

我期待二月春风张开剪刀

把从冬天蔓延过来的疫情剪断

把一切晦气、痛苦、灾难

都留在今天

更希望它挥起神奇的扫帚

一夜间把所有的病毒扫走

不让它们靠近三月

春暖花开，还在人间作乱

最好，把网络也打扫一下

把那些诋毁、谩骂、虚假信息

通通扫掉，别让有毒的口水乱飞

伤及无辜，扰乱军心

早日放开关卡，摘掉口罩

工人要返城，孩子要返校

农民要开犁种地，老百姓

要过正常生活

期盼黑色的二月快点结束

还鸽子和太平鸟一片晴空

现在，是二月十七日早晨

但愿十三天后峰回路转柳暗花明

2020.2.17

假如我们的世界真有神仙

——一个孩子的心声

假如我们的世界真有神仙

不需要他赐予给我幸福

也不希望领我进入仙境

只想求他做一件事，借我

一只能降妖捉妖的玻璃瓶子

我要带上它，去一趟武汉

去那些冠状病毒的老巢

把它们都收进瓶子

让它们感受一下

被关起来的滋味

不责骂殴打

也不着急开庭审讯

就让它们在瓶子里闷着

反省作乱人间，草菅人命的

滔天罪行

我要把瓶子放进实验室

把它们做成病毒标本

让每个小朋友都知道

"就是这些家伙，害得我们

一个春天不能上学"

展览之余，我会

把这只瓶子沉入海底

让那些海洋生物也认识它们

它们不仅是人类的敌人

在那儿，也同样找不到朋友

我要让它们永远待在这只瓶子里

直到改过自新进化成另一种生物

比如一头海象，一条白鲨

再把它们放出来

和人类共同生活

当然，这是几万年

也可能是上亿年以后的事

它们会想起祖先进化的历史

它们不会知道有我，它们会感谢

神仙，说神仙给了祖先赎罪的机会

我也会十分感谢神仙，因为

他的宝瓶能让我们早点开学

2020.2.17

老蔡是靠刀子吃饭的

老蔡是靠刀子吃饭的

那把刀子养活了他们家几代人

到了他这儿，差点失传

可离家出来打工的时候

还是带上了它

他在浴池里给人搓澡

偶尔也给人修脚

手艺还真的不错

渐渐他的刀子有了名气

都知道是祖上传下来的

刀子帮他在一个四线城市
找了个媳妇，还生了儿子
他带着刀子出发
到更大的城市寻找机会
他要为他们挣一套房子

去年，老蔡实现了愿望
在老婆儿子居住的小城
有了他们真正的家，但他的刀子
会更加辛苦。除了赚足温饱
每月必须还四千元贷款

这个春节病毒封堵了所有城市
老蔡待在家里再没出来
雅舍洗浴已经关闭一个月了
不知道，他还有没有钱
还这两个月的房贷

2020.2.22

终于盼来一场大雪

疫情发生之后

就期盼着有一场大雪

天，阴了又晴，晴了又阴

几次预告，都没真正下来

昨天终于来了，今天接着再下

道路隐没，村庄隐没，天地间

一片空蒙。雪花在风中旋落

还真有点蝶舞的感觉

白桦岭的雪好像比城里要大

除了树木，看不见别的颜色

白桦树在雪中不再耀眼

再无法炫耀自己的白

路上的卡点已经撤掉

村屯又恢复了日常的秩序

雪地上，偶尔遇到一两个行人

他们都没戴口罩

东北，一直有这样的习俗

灾来盼雪落。雪来了，灾就走了

这回雪真的来了，但愿明天

疫情马上结束

2020.2.22

樱花街

樱花街距离我居住的地方很近

上班的时候，偶尔路过

樱花绽放季节那里很美

芳香四溢，落英如雨

可近来却不愿意光顾

一见到那些樱树就会想到武汉

想到病毒、死神这些不祥的词句

甚至听到病患痛苦呻吟

当然，也会想到防护服、口罩

忙碌的身影，坚毅的目光

想到那些幸运的治愈者

可心情仍像欲雪的天空

昨天，迫不得已走了一趟

树下依然堆满残雪

街上空寂，只有几只麻雀

在枝头跳来跳去

随手拽了拽探出的枝条

似有几分柔软，那粉红色的花苞

虽未见到，但我相信

已经走在路上

2020.2.29

让这朵小花成为人类学习的榜样

在东北，最早感知春天的是冰凌花

立春刚过，迎春花还猫在枝条里

睡着懒觉，她就大着胆子

从积雪中仰起笑脸

报告春天的消息

那时，我正在白桦岭

为这个感染病毒的春天流泪

在遥远的南方，樱花

也因病毒困扰，迟迟不肯绽放

她在净月山中豁然出现
让阴郁的天空顿时明亮

武汉传来消息，火神山、雷神山
建成，方舱医院也已经完工
越来越多的感染者住进医院
越来越多的医疗队聚集武汉
樱花绽放，指日可待

冰凌花让我预知这场灾难即将结束
病弱的春天，会渐渐地好起来
风会调转方向，冰会慢慢酥软
那些树木也会重新打起精神
跟上时间的脚步

那天，我在雪地上站了好久
面向苍天，为苍生祈福
让疫情快点过去，把关在
笼子里的孩子放归自然

让感染者重新站立

继续活在人间

让这朵不畏严寒的小花

成为人类学习的榜样

在困难面前挺身而出

而不是躲在屋子里

只顾温暖自己的梦

2020.3.2

爱的呼唤

——写给长春驰援武汉的医疗队员

春暖花开，平安归来

苍老而慈祥的声音，雄浑

或者温柔的声音，清脆

而稚嫩的声音，一座城市，车轮

旋转和森林呼吸的声音

爱的呼唤，时空无法阻隔

千里之外，你们一定能够听到

它们，会以另一种方式抵达

夜晚的星光，清晨的鸟鸣

枝头，一朵樱花的绽放

长春的天气已经开始转暖

南湖的冰雪正在悄悄融化

柳枝在风中柔软，松针绿中泛黄

迎春花，嘟起小嘴，准备在你们

归来时，放声歌唱

小区已经不再封闭

酒店已经开张，广场又响起音乐

街道恢复了活力，那些早起的人

又开始和时间赛跑，跑赢三月

迎你们回家

学校已经做好一切准备

孩子们更是急不可耐。他们盼望

你们早点回来，送他们上学

已经为你们准备好礼物

每个人都会有一份惊喜

春暖花开，平安归来

什么都不用带，就要健康的身体

如果可能，把长江带回来也行

和伊通河结为姊妹，为我们的城市

再通开一条血脉

2020.3.5

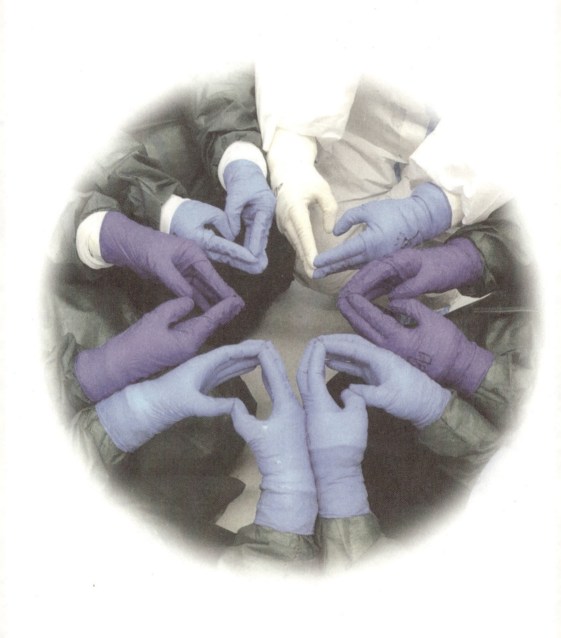

后 记

庚子年这个春天，对于历史必将是永远无法抹掉的痛。一场人类抗击病毒的战火从武汉燃起，继而湖北，继而全国，现在已经燃烧到整个世界多个地方。

在这场没有硝烟的战斗中，全国人民团结一心，众志成城，从各地医疗队员驰援武汉，到封城自救，到奉献爱心，每一个中国人都是亲历者、参与者。保卫人民、保卫生命、保卫武汉、保卫湖北，保卫全中国。当网上传来疫区医生、医疗队员，为和死神较量，和时间赛跑，有人为抢救别人的生命献出自己的生命；建筑工人、环卫工人、社区干部、基层民警，为抢建雷神山、火神山以及方舱医院，为老百姓守路站岗，累倒甚至牺牲在岗位上；那些机关干部、人大代表、政协委员、企业老板、普通市民还有居家待学的孩子们无私奉献，支援灾区，无不令人为之动容。

1月30日，从海南返回长春。同日下午，还没走出机场就接到通知，让我和另一位市委领导同志包保莲花山旅游开发区防疫工作。因为需要隔离观察，不能亲临一线，十分着急，十分内疚。为便于联系，我们建了一个工作群。从1月31日起，开始特殊时期的网上工作。此时网上信息已经铺天盖地，对病毒来源的追溯，对疫区工作的质疑，对医务工作者的赞扬，对捕食野生动物者的指责，还有谩骂、抱怨声不绝于耳。良知和责任告诉我，作为诗人，此时必须站出来为时代发声，为人民代言，为战士鼓劲，为祖国讴歌。

2月1日，我写下第一首诗《劝降表（或与冠状病毒书）》，在网上发给多位诗友审读，得到大家一致认可。后在《光明日报》网等多家知名网媒推出。之后陆续写出《一个爷爷写给孩子的话》《写给蝙蝠先生的信》《立春日，为祖国和人民祈福》等30首作品。并在诗刊社中国诗歌网、中国诗歌学会网、《人民文学》《草堂诗刊》《延河诗刊》《中国诗歌》《中国工人》《长白诗世界》《中国艺术》《中国卡通》《少年诗刊》《十月少年文学》《东方少年》《漫画周刊》的网络平台以及腾讯网、头条网和《光明日报》《检察日报》《长春日报》等纸质媒体推出。这里，我要特别感谢高洪波、施占军、李少君、梁平、邓凯、廖廓、龚学敏、梁豪、木汀、王爽、宗仁发、张洪波、邓万鹏、葛诗谦、刘蔚、三色堇、小红北、卫卫、金本、谭旭东、王庆杰、胡纯琦、童子、谢乐军、张锋、龚保华、马国芳、王如等诗歌、儿童文学届好友的支持和鼓励。还要感谢庄严、任伟、刘高锋、籍中华、贺影丽、高原等朗诵、传媒界朋友的大力帮助，是他们用声音让诗歌生出翅膀，将爱和温暖洒满人间。

最后，十分感谢吉林人民出版社，感谢常宏社长，将这些作品编辑成册，奉献给祖国和人民，作为一个特殊的春天留下的特殊记忆。

2020.3.3长春.雅舍枫林